AF370225

18 Juin 1908

VENTE
Après décès de Mme veuve M...
Des Jeudi 18 et Vendredi 19 Juin 1908
HOTEL DROUOT, SALLE N° 2
à deux heures

EXPOSITION PUBLIQUE
Le Mercredi 17 Juin 1908
DE I H. 1/2 A 5 H. 1/2

BON MOBILIER

ANCIEN ET MODERNE

TABLEAUX MODERNES

Objets d'Art

TAPISSERIES ANCIENNES

BIJOUX — ARGENTERIE

EXEMPLAIRE DE H STETTINER

COMMISSAIRES-PRISEURS
M° **JULES HUGUET**
M° **F. LAIR-DUBREUIL**

EXPERTS
MM. **PAULME & B. LASQUIN** Fils

CATALOGUE SOMMAIRE

DES

Meubles Anciens & Modernes

MEUBLES DE SALON STYLE LOUIS XVI EN TAPISSERIE D'AUBUSSON

TABLEAUX MODERNES

par

G. Bourgogne, E. Feyen, Rame, Saintin

FAIENCES ET PORCELAINES ANCIENNES

BRONZES D'ART ET D'AMEUBLEMENT

PENDULES, LUSTRE ÉLECTRIQUE

En partie de la Maison Thiébaut

Buste de Diane en marbre blanc d'après FALGUIÈRE

SUITE DE 3 TAPISSERIES ANCIENNES D'AUBUSSON

BIJOUX - ARGENTERIE

Tentures, Tapis, Mobilier courant

Dont la Vente aura lieu, après décès de Mme veuve M...

EN VERTU D'ORDONNANCE ENREGISTRÉE

HOTEL DROUOT, SALLE N° 2

Les Jeudi 18 et Vendredi 19 Juin 1908, à 2 heures

COMMISSAIRES-PRISEURS

Me JULES HUGUET   **Me F. LAIR-DUBREUIL**

4, rue Pasquier   6, rue Favart

EXPERTS

MM. PAULME et B. LASQUIN, FILS

10, rue Chauchat | 12, rue Laffitte

EXPOSITION PUBLIQUE

Le Mercredi 17 Juin 1908, salle n° 2, de 1 h. 1/2 à 5 h. 1/2

CONDITIONS DE LA VENTE

Elle sera faite au comptant.

Les adjudicataires paieront *dix pour cent* en sus des enchères.

L'exposition mettant le public à même de se rendre compte de l'état et de la nature des objets, *aucune réclamation* ne sera admise une fois l'adjudication prononcée.

Paris.— Imp. de l'Art, CH. BERGER et Cᵗᵉ, 41, rue de la Victoire.

DÉSIGNATION

TABLEAUX MODERNES

BOURGOGNE (G.)

1 — *Corbeille de pruneaux.*

Toile signée, datée : *1880.*

FEYEN (Eugène)

2 — *Pêcheuses, retour de pêche.*

Toile signée.

ÉCOLE FRANÇAISE

3 — *Le Galant Billet.*

Petite peinture sur toile.

RAME

4 — *Moutons à la bergerie.*

Toile signée.

SAINTIN

5 — *Cour de ferme à Pléherel.*

Toile signée, datée: *Août, 86.*

TOULMOUCHE

6 — *Le Baiser dans la glace.*

Toile signée, datée : *1889.*

7 — Deux gravures en couleur, rehaussées de gouache : scène de la vie de campagne en hiver.

FAÏENCES ET PORCELAINES

OBJETS DIVERS

8 — Paire de vases-cornets en ancienne faïence de Delft, décor bleu.

9 — Vase, de forme balustre, en ancienne faïence de Delft, décoré de fleurs en réserves, en bleu.

10 — Deux plats en ancienne faïence de Delft, décor d'arbustes et fleurs en bleu.

11 — Deux grands plats en ancienne faïence de Delft, décor chinois en bleu.

12 — Paire de vases en faïence de Delft, décor de paysages maritimes en bleu.

13 — Plat en faïence de Delft, décoré au centre d'une vue de village au bord d'un canal, en bleu.

14 — Jardinière, de forme octogone, en ancienne faïence de Rouen, décorée de lambrequins en bleu.

15 — Paire de jardinières-appliques en ancienne faïence de Moustiers.

16 — Lot d'environ quarante pièces : plats, assiettes, vases, etc., en faïence ancienne et moderne.

17 — Corbeille en porcelaine de Paris ajourée et dorée.

18 — Paire de petites jardinières en porcelaine de Paris, de forme carrée avec leurs soucoupes, décor de médaillons et rosaces en couleurs et dorure. Époque de la Restauration.

19 — Tasse et soucoupe, sucrier et pot à crème en ancienne porcelaine de Nast, décorée de réserves carrées, instruments de musique, rehaussée de dorure. Époque Empire.

20 — Paire de vases en porcelaine, décorée de sujets allégoriques, par L. SIMONNET. Monture en bronze ciselé doré de la *Maison Thiébaut*.

21 — Buste de Cérès en biscuit de Sèvres.

22 — Paire de lampes formées de vases carrés en céladon couleur brique, décorées de fleurs d'iris; monture en bronze ciselé doré. Style Louis XVI. *Maison Thiébaut.*

23 — Paire de lampes en verre, supportée chacune par une colonne pyramidale en bronze ciselé doré et patiné. Style Empire.

24 — Paire de petits vases en émail vert, décorés d'amours moissonneurs et vendangeurs; monture en bronze ciselé doré. Style Louis XVI.

BRONZES D'AMEUBLEMENT

SCULPTURES

25 — Garniture de cheminée en marbre blanc et bronze ciselé doré, style Louis XVI, composée d'une pendule, deux candélabres à trois lumières et deux flambeaux.

26 — Paire de candélabres et de bras-appliques à dix lumières et une paire de flambeaux en bronze ciselé doré, formés de feuillages de chêne et oiseaux.

27 — Garniture de cheminée en bronze doré et patiné, à figures de jeunes femmes, d'après FALCONNET, composée d'une pendule et deux candélabres à dix lumières disposés pour l'électricité et une galerie de foyer.

28 — Paire de petits flambeaux à deux lumières en bronze doré et patiné, à figures d'enfants bacchants. Style Louis XVI.

29 — Lustre à trente lumières et deux paires d'appliques à six lumières en bronze ciselé doré et patiné, disposé pour l'électricité, modèle à carquois. Style Louis XVI. *Maison Thiébaut.*

30 — Lustre électrique à trois lumières en bronze doré, formé de rinceaux a figures d'enfants. Style Louis XVI.

31 — Lustre électrique en bronze ciselé doré, formé de branchages de pavots, à cinq lumières, retenus par un nœud de ruban noué, orné de deux perruches en céladon décoré au naturel.

32 — Lanterne d'antichambre en fer forgé, disposée pour la lumière électrique.

33 — L'Oiseleur, petit bronze doré, presse-papier. *Édition Thiébaut.*

34 — Paire de vases en bronze patiné du Japon.

35 — Le Cerf aux abois, groupe en bronze patiné, de MÈNE.

36 — Groupe d'Hébée et Jupiter, en bronze patiné, par C. BUHOT.

37 — « Les Prix », statuette de jeune fille en
marbre blanc, de MATHURIN MOREAU. —
Haut., 80 cent. environ.

38 — Buste de Diane, grandeur nature, en marbre blanc, de FALGUIÈRE. *Édition Thiébaut.*

MEUBLES ET SIÈGES

ANCIENS ET MODERNES

39 — Petite table à ouvrage en bois de placage, à trois tiroirs et tablette d'entrejambe. Époque Louis XVI.

40 — Table-bouillotte à volet en acajou et filets de cuivre, de forme demi-lune, étant pliée. Époque Louis XVI.

41 — Meuble d'entre-deux à hauteur d'appui en marqueterie de bois de palissandre à losanges et ornements de guirlandes de fleurs et feuillages, rinceaux et vase de fleurs en sculpture en relief, rehaussé de dorure. Dessus de marbre. Style Louis XVI. *Maison Thiébaut.*

42 — Table en palissandre et marqueterie de bois de couleur et os, à pieds tors. Style Louis XVI.

43 — Petit secrétaire en marqueterie de bois de violette, ouvrant à abattant, décoré d'un sujet peint au vernis et à un tiroir ; repose sur quatre pieds cambrés et élevés ; richement orné de bronzes ciselés dorés. Style Louis XV.

44 — Piano droit en palissandre et filets de cuivre. *Marque Pleyel.*

45 — Quatre fauteuils en bois sculpté, laqué blanc, à dossiers médaillons. Époque Louis XVI. Couverts de velours jaune.

46 — Meuble de salon en bois noir sculpté, recouvert de tapisserie d'Aubusson à rinceaux et bouquets de fleurs en couleur, sur fond damassé et contrefond rouge ; se compose d'un canapé, quatre fauteuils et quatre chaises. Style Louis XVI.

47 — Deux cantonnières en tapisserie d'Aubusson, semblable à celle du meuble ci-dessus.

48 — Petit canapé, de style Louis XVI, en bois sculpté doré, couvert de soie blanche brochée, bouquets de fleurs et nœuds de rubans.

49 — Petite banquette en bois sculpté doré, à accotoir, de style Louis XVI, recouverte de tapisserie à la main, appliquée sur fond de panne bleue.

50 — Sous ce numéro, mobilier courant : chambres à coucher, salle à manger, meubles d'antichambre, bahut de cuisine, débarras, etc., etc.

51 — Coffre-fort de Fichet.

TAPISSERIES ANCIENNES
TAPIS, TENTURE

52 — Paire de rideaux en soie verte, brochée or.

53 — Trois paires de beaux rideaux de fenêtre en soie brochée, couleur saumon.

54 — Dessus de piano en soie japonaise, couleur marron, brodée de fleurs et oiseau.

55 — Bons tapis moquette rouge.

56 — Suite de trois petites tapisseries anciennes d'Aubusson ; pastorales : 1º L'Escarpolette. Haut., 2 m. 10 cent.; larg., 2 m. 70 cent. — 2º Jeux de Pigeon-vole. Haut., 2 m. 10 cent.; larg., 1 m. 60 cent. — 3º Le Marchand de plaisirs. Haut., 2 m. 10 cent.; larg., 1 m. 55 cent.

BIJOUX ET ARGENTERIE
LINGE ET FOURRURES

57 — Sous ce numéro seront vendus des bijoux.

58 — Nombreuse argenterie de table, plats, couverts, etc.

59 — Six salières ovales en argent ajouré et
repoussé, décorées de guirlandes de pampres
de vignes et cartouches avec amours. Époque
Louis XVI. Intérieurs de verres bleus.

60 — Porte-huilier en argent repoussé. Époque
de la Restauration.

61 — Verseuse en argent. Époque Empire.

62 — Poêlon en argent. Époque Louis XVI.

63 — Belles fourrures.

64 — Linge de ménage.

65 — Vins.

RED. :

16

MIRE ISO N° 1
NF Z 43-007
AFNOR
Cedex 7 - 92080 PARIS-LA-DÉFENSE
graphicom
3 79 89 70
0 1 2 3 4 5 6 7 8 9 10